A Máquina do Tempo de Adolf Hitler:

Uma Aventura no Tempo que Mudará o Curso da História - Romance Histórico

Henry Goldman

Sumário

"O mundo não é ameaçado por pessoas más mas por aqueles que permitem que o mal aconteça" -lbert Einstein

Prefácio

O que você pensaria se eu lhe dissesse que a Alemanha nazista conseguiu criar um artefato que lhes permitia manipular o espaço-tempo? Você me chamaria de louco, certo? Mas e se fosse alguém que viveu naquela época e trabalhou nisso, e mais ainda, mostrasse toda a evidência palpável ao mundo? Você acreditaria?

A história que você lerá é uma das histórias verdadeiras mais fascinantes que ouvi e descobri por acaso, pela voz de duas sobreviventes do que aconteceu e possuidoras da verdade de seu pai. Os documentos originais da Alemanha de 1940 lhe dão uma força única e confiável.

Era outubro de 2016 e em uma viagem rotineira que fiz à Alemanha por motivos de trabalho, conheci duas mulheres no bairro onde residi, uma delas extremamente especial, além de sua extraordinária beleza ou de que a idade não passava por ela, tinha algo que a tornava única: sua origem. Em breve você saberá o porquê.

Nos dias que se seguiram, estabeleci uma bela amizade com ambas, mas o que me contaram uma tarde foi uma loucura. Dessas mulheres saíram essas palavras: "por décadas esperamos encontrar uma pessoa confiável e finalmente encontramos você". Até aquele momento, eu não entendi nada, então ela continuou: "Por causa da confiança que você mostrou para nós todo esse tempo e seu tratamento desinteressado sem esperar nada em troca, vamos mostrar a você as provas de uma história que apenas alguns viram em todo o mundo e nem mesmo nossa família sabe". Apesar do meu carinho por elas, por um momento me senti estranho e pensei muitas coisas... mas quando começaram a relatar e me mostrar documentos um por um, tudo se encaixou e entrei em estado de choque.

Tudo se tratava de um perigoso projeto que a Alemanha do Terceiro Reich havia desenvolvido em segredo no final de 1940 e que até agora ninguém com vida havia relatado com evidências. No decorrer de conversas posteriores e sabendo que eu era jornalista, imploraram-me que cumprisse a última vontade de seu pai em vida: que alguém escrevesse sua história e revelasse ao mundo a verdade sobre o experimento mais importante da história. Aceitei sem pensar duas vezes, porque já havia verificado mais de mil páginas originais de todo o projeto, e era impressionante.

Escrevi da melhor maneira possível tudo o que me contaram e da mesma forma o que estava escrito nas memórias de seu pai, o protagonista desta história: o físico alemão A.R GIRLAND.

Fui jurado a não revelar suas identidades principalmente para proteger a integridade de sua família. Eles também me garantiram que talvez, mais adiante, mostrariam ao mundo toda a evidência tangível da história que você lerá a seguir. Quero enfatizar que a história que conto é real e que, de forma alguma, revelarei a identidade e localização das duas mulheres, mesmo que isso me custe a vida. Eu sei que elas não quiseram me mostrar o segundo pilar de documentos que estavam na segunda caixa, onde possivelmente está a localização exata desse artefato, é por isso que tudo isso é tão perigoso. Antes de me despedir delas no final de 2016, com lágrimas nos olhos, elas me disseram que provavelmente seria a última vez que nos encontraríamos

4

pessoalmente por segurança, mas que me informariam por
e-mail quando estivessem prontas para contar ao mundo a
verdade.

1

L. A. R. GIRLAND era um físico matemático no topo do pessoal científico do Terceiro Reich e um dos líderes do projecto chamado **Tailus,** que a SS-Führung Hauptamt (Sede da SS) realizou secretamente no final de 1940 nas instalações subterrâneas perto de Der Riese (Montanhas Owl). Ele conta-nos na primeira pessoa o que experimentou quando, por ética moral, roubou a invenção de que era a parte mais importante da história.

Obtive muita da minha informação de três fontes, duas delas muito próximas dele durante a sua vida, que me mostraram documentos completos, aparentemente originais, selados sobre este evento desconhecido. A terceira fonte que obtive de um parente próximo de um membro sénior das SS. Ele fazia parte dela, chamado Hans Schütz, que corrobora toda a história.

A 19 de Novembro de 1940, com a Alemanha em plena guerra, as SS, sob ordens do alto comando de Hitler, embarcaram no projecto mais ambicioso jamais empreendido; criar um sistema anti-gravidade para anular a gravidade nos seus navios e assim ganhar a guerra.

Entre longas provas e fracassos antes de alcançar o sucesso, o grupo de cientistas liderado pelo líder do projecto, o físico Walther Gerlach e colegas como o Sr. Girland, Werner Heisenberg, Elizabeth Adler, Emil Masuw, o engenheiro das SS Hans Kammler, Kurt Debung, Romind Ritcher, Otto Cerny e outros, criaram pela primeira vez um novo sistema. Girland, Werner Heisenberg, Elizabeth Adler, Emil Masuw e o engenheiro das SS Hans Kammler, Kurt Debung, Romind Ritcher, Otto Cerny, entre outros, criaram o primeiro protótipo anti-gravidade chamado Die Glocke (o sino) que, após semanas de testes, foi eliminado para dar lugar à fase beta FLIEGENDE UNTERTASSE (o círculo voador) ou **Refhum.**

Esta máquina de 1,5 metros de largura por 2 metros de altura foi a base de tudo. O motor era feito de um metal chamado curlu2 ou metal de corrente leve, e como combustível utilizava uma mistura de hidrogénio virgem ionizado, Xerum 856 e o antigo Xerum 525 com um pó reactivo chamado Diluxy e enormes ímanes electromagnéticos de energia negativa rotativa e uma forte corrente de fluxo com Thorium e Iberium, entre outros.

Após semanas de trabalho exaustivo, o grupo de investigadores tinha conseguido criar o primeiro motor de propulsão anti-gravidade alguma vez criado, e conseguiu pilotá-lo durante 2,4 minutos na cordilheira perto da fronteira checa. A única falha principal; as latas de combustível não conseguiram isolar a radiação, pelo que sete pilotos morreram nas horas seguintes. Após os percalços fatais, foram feitas alterações à última fase do Tailus III.

De todas as Wunderwaffe (armas milagrosas do Terceiro Reich) o resultado final desta máquina seria espantoso). Cinco meses de testes exaustivos, a 21 de Maio de 1941 nas Montanhas Owl, perto da mina de Wenceslas, no sudoeste, perto das fronteiras checas, foi realizado o teste final da engenhoca final, Mitrus velocity Zeit (o disco voador), e o resultado estava para além da imaginação. O objecto disparou a uma velocidade incrível, mas após minutos no ar ficou fora de controlo e entrou em colapso, resultando numa explosão estrondosa.

Ao aproximarmo-nos perto da área dos complexos Sokotek e do Chefe Heinrich Himmler das SS entre nós, testemunhámos juntos algo que nos atordoou; um vórtice espacial de um metro de largura por dois metros de altura mesmo acima onde descansavam os destroços da nave. Mas o que o tinha causado? Após deduções, a experiente equipa de físicos chegou à conclusão de que os ímanes e parte do sistema anti-gravidade e o muito potente combustível de plasma (Xerum 525, Xerum 528 e Xerum 09) entraram numa espécie de implosão criando uma espécie de buraco de verme... Mas não durou muito, segundos depois evaporou-se diante dos nossos olhos, deixando apenas um ruído eléctrico e soldados mortos por perto.

Mais do que um fracasso, foi uma grande conquista; o futuro da máquina do tempo.

Após a mega descoberta acidental, as SS por ordem do Terceiro Reich cancelaram o projecto Tailus III e concentraram-se nesse evento: criando outro vórtice espacial ou como Albert Einstein lhe chamou; uma ponte que, por outras palavras, seria um buraco de verme ou atalho para viajar entre o espaço e o tempo.

A ideia era embarcar numa viagem para o futuro e poder conhecer os acontecimentos do curso da guerra e depois analisar os erros do passado, a fim de aplicar a estratégia perfeita e eliminar o inimigo.

Como não recordar aqueles dias em que eu trabalhava sob pressão naqueles cinco complexos subterrâneos gelados em Riese, anteriormente anexados à Alemanha e agora uma província da Baixa Silésia da Polónia.

Dias após a explosão, um homem das SS chegou à área de trabalho, e não era Himmler, ele tinha uma ordem, que devíamos deixar o complexo de Riese e mudar-nos para uma base subterrânea secreta a 22 km de distância. Lembro-me que éramos 55 elementos da equipa; físicos nucleares, teóricos, engenheiros, matemáticos, técnicos, as mentes mais brilhantes da Alemanha. E a ordem era clara; para replicar o evento tal como aconteceu.

Quando a nave implodiu na floresta, sabíamos que este vórtice era uma espécie de membrana espaço-tempo explicada por Albert Einstein na sua teoria da relatividade e concordada pela maioria dos nossos físicos.

Quando chegámos ao novo complexo, não nos foi permitido sair com vida até estar terminado, assim o disse um boletim assinado com a caligrafia de um Hitler desesperado que estava a fazer cada vez mais inimigos em muitas frentes.

A base chamava-se (Plaizt), ou ficava, e era uma base militar ultra-secreta.

2

A 16 de Agosto de 1941, chegámos ao novo complexo subterrâneo. Fiquei impressionado com a enormidade das suas paredes de betão de metro de largura, e com a vastidão das instalações onde havia todo o tipo de materiais para o projecto. Estava dividido em especialidades e áreas.

E havia alta vigilância, homens com as suas inconfundíveis espingardas MP40 e vestidos de preto, e não o clássico uniforme SS ou da Gestapo. Nunca consegui determinar a que agência secreta pertenciam, pois não emitiam ordens por voz mas apenas por sinais, mas certamente incutiam medo e respeito.

E assim começou a grande missão dessa malha. No final de Outubro de 1941 e após milhares de testes, a experiência tinha sido realizada com sucesso: para manter um vórtice espacial minúsculo o tempo suficiente para alterar as paredes do tempo, ou como os meus colegas especializados em física quântica lhe chamavam: "o vizinho que espia na sua parede enquanto tudo se move", e explicaram que fora deste caminho espaço-tempo que se move a uma velocidade constante, fora das paredes dos fios do tempo, cópias de todos os acontecimentos esperavam e permaneciam estáticas, de modo que era possível retroceder e avançar. E era para lá que queria ir.

A 3 de Novembro de 1941 estávamos todos a celebrar, um portão temporal e o seu vórtice tinha finalmente sido criado sem margem para erros.

A primeira engenhoca que permitiu tudo isto consistiu em vários elementos; um arco em forma de porta com dois metros de altura por um metro de largura e uma ponta de diamante no topo. Estava ligada ao chão com dois electroímanes pesados e carregados negativamente.

O arco foi feito de um material metálico a que chamámos Varmpul-licht 02, que era responsável por manter a energia activa em todo o arco graças a sensores electromagnéticos à sua volta. Depois veio o mais importante, o segundo objecto: o feixe laser de energia negativa ou substância X, que era utilizado para rasgar o tempo espacial apenas no arco e dar-lhe estabilidade, sem causar uma explosão ou absorção de matéria do exterior e tornando-o perigoso.

A mistura de combustível de plasma que anteriormente causou a primeira implosão e criou o pequeno vórtice na floresta foi descartada devido ao seu risco radioactivo. Mas, graças a esse acontecimento, foi possível encontrar a substância X, que era responsável por manter as abas do buraco de minhoca desde a entrada até à saída sem fechar. O feixe, como lhe chamámos, tinha 1,20 metros de altura e consistia em centenas de pequenos sensores, e era maleável na ponta, e a energia que o fazia funcionar tinha sido colocada numa pastilha cilíndrica alongada, semelhante a uma pilha, que era inserida na parte de trás do objecto... incluía também um comando de comando na lateral.

E era tempo de experimentar a eficiência da máquina. Tão claro na minha mente que era. Era sexta-feira 26 de Setembro, naquele bunker robusto, e para nossa surpresa chegou o primeiro grupo de humanos a passar para o passado. Eram oito rapazes judeus, não mais de vinte anos de idade, forçados a fazê-lo **sob pena de** morte, se recusassem. Lembro-me das palavras do nosso líder Walther Gerlach "liguem o acelerador 1 e 2 a meia potência lateral e todas as mãos aos vossos postos de controlo". O jovem Volker Luthum (engenheiro mecânico e eléctrico) foi o responsável por esta acção. Evoca na minha mente o som electrizante daquele espectáculo. O feixe carregado com energia exótica emanou um feixe de luz quase invisível na ponta como plasma e foi projectado nesse arco, parando e rasgando o tempo espacial sob a forma do portão vertical numa questão de segundos. Uma vez acesas, as palavras do representante das SS, Agente Miller, foram: "Seus bastardos", referindo-se aos judeus. - Se não voltarem dentro de uma hora, desaparecerão desse lado".

Evidentemente, esta foi uma táctica psicológica para lhes incutir medo, para que regressassem naquele tempo (era o primeiro assunto que passaria pela corrente que passava perto dos muros do tempo).) A placa analógica foi marcada a 14 de Fevereiro de 1919, e foi-lhes exigido que voltassem a verificar palpavelmente que o projecto tinha sido um sucesso do outro lado, "ou seja" que o artefacto o tinha realmente levado para o passado ou para o futuro.

Antes dos nossos olhos começarem o primeiro jovem a dar o primeiro passo no vórtice vertical..., parte do seu corpo tornou-se transparente e depois desapareceu para o outro lado, e assim, um após outro, passou pelo mesmo padrão. A equipa estava consciente da sua especialidade, enquanto o aparelho funcionava, para que nada corresse mal. O cronómetro começou a funcionar... assinalou uma, duas, quatro, cinco horas, e ninguém regressou. Impaciente e furioso, o agente das SS responsável na altura por Heinrich Himmler amaldiçoou para o ar e depois saiu por uma porta do complexo, batendo palmas nas paredes. Estávamos todos nervosos quanto a saber se tudo estava realmente a funcionar desse lado ou não, ou se a matéria passageira foi simplesmente destruída. Era algo que não sabíamos até esse momento.

Num instante na área de testes onde estávamos, a porta bateu, e foi Miller com um grupo de homens e eles estavam a segurar um militar alemão, talvez um guarda de baixa patente do mesmo bunker por causa do seu uniforme, e ameaçaram-no de entrar no vórtice energético e de investigar o local e a data onde ele estaria e de regressar dentro de uma hora. O soldado concordou temerosamente. Foi-lhe dado um cronómetro e uma arma, e todos nós esperámos de novo. Passou-se exactamente uma hora e algo passou por aquele lado do vórtice avermelhado como um espelho de ampliação e era o mesmo soldado são e salvo.

Todos os cientistas da equipa ficaram entusiasmados, mas quando perguntámos a este agente irado das SS onde tinha estado e como era o local, ficámos cheios de medo. O soldado respondeu: "Estava cheio de floresta, por isso caminhei durante cerca de vinte e cinco minutos com a minha arma na mão, e no fim de uma encosta vi que entre as árvores escondidas havia muitas casas velhas e homens com machados, vestidos com trajes francos, não de acordo com os nossos tempos". O rosto daquele homem (SS) voltou-se para um de nós e disse num tom ameaçador enquanto descansava a mão sobre a sua pistola PARABELLUM P08 que trazia na cintura, não terá sido a data de 1919 a que o soldado deve ter ido? o nosso chefe Werner explicou, que talvez fosse devido a um desajuste na corrente de tempo das abas e se ele nos desse mais uma semana para ajustar seria suficiente (as abas eram a parte lateral da energia exótica que abria todo o buraco de minhoca e impedia o seu fecho).

O agente disse-lhe que, se tal acção não fosse concluída, a sua cabeça rolaria, mas primeiro algumas das nossas cabeças rolariam. Evidentemente, a pressão era demasiado elevada, pelo que a equipa ajustou forçosamente a corrente de tempo, aplicando menos energia na pilha de energia negativa. Houve várias experiências, alguns soldados pereceram, talvez não soubessem como voltar, ou morreram de algo desse lado.

Em meados de 20 de Abril, descobrimos qual era a energia máxima com que podíamos contar para viajar para o passado e qual para o futuro. Nunca se soube porque é que a energia para viajar para o passado de cada pilha de substância X durava três viagens e para o futuro cinco.

A energia máxima para viajar para o passado que tínhamos de substância negativa que prolongaria a entrada e saída da fenda espacial, era para 9200 AC. a.C. e para o futuro até 10362.

O complexo 3 destas instalações subterrâneas foi encarregado de criar a energia x graças ao combustível e aos **Alutiones num** reactor de aceleração a que chamaram **Entioplasma.** Esta secção foi construída com 35m de largura por 25m de altura, para que em caso de explosão contivesse o poder destrutivo desse elemento, o que nas palavras de um dos físicos mais brilhantes: Werner Heisenberg e Albur Puh, poderiam destruir o mundo se este entrasse numa reacção em cadeia e não fosse travado.

Em Dezembro de 1941, três membros da equipa viajaram para o passado: Esparta, Grécia e Egipto e provaram o sucesso do projecto com provas tangíveis e para o futuro três vezes.

Sem demora, tudo foi apresentado pessoalmente ao comandante supremo. A 2 de Janeiro de 1942, a comitiva viajou de Berlim para a fronteira polaco-checa.

3

Na recepção do complexo, Hitler com um grande sorriso durante todo o seu discurso agradeceu a toda a equipa por tal proeza. Lembro-me do seu peculiar carisma egomaníaco e do seu rosto sério depois desse discurso. Ao entrar na área, o Führer e a sua comitiva circularam e olharam para cima e para baixo para o maravilhoso dispositivo, enquanto o seu fotógrafo pessoal Heinrich Hoffmann continuava a tirar fotografias.

Depois, não mostrando tal emoção ao testemunhar o vórtice estelar aberto, sorriu e disse algumas palavras que eu não conseguia ouvir devido à minha distância a um dos seus generais: Hermann Goring. Notou imediatamente a dez metros de distância a travessia de Lucas Braver, um dos nossos técnicos, e o seu regresso com uma flor de avelã, que lhe chamou tão ligeiramente a atenção que até brincou. Embora, no fundo, ele sabia bem que com esta arma ninguém o iria deter e que era apenas uma questão de dias para fazer do mundo um caos. Após alguns passeios pelas restantes áreas, partiu para Berlim.

Horas mais tarde, o General Heinrich Himmler deu a alguns de nós acesso para visitar as nossas famílias, após mais de um ano e um pouco sem contacto. Além disso, foi-me fornecido um carro longe dali. Já a caminho de casa, enquanto conduzia o meu carro ao longo da grande estrada rodeada de floresta densa perto de Osowka em direcção à aldeia de Honch, algo agitado na minha cabeça. Já tinha tomado consciência dos massacres e genocídio de pessoas inocentes perpetrados pelo nosso governo, que muitos defendiam no topo dos seus pulmões. Eu sabia que se a Alemanha ganhasse a guerra, centenas de milhões de pessoas morreriam e eu arcaria com algumas das culpas. Também estava ciente de que, com esta nova e espantosa invenção, a vitória estava assegurada para a Alemanha.

Por esta razão, inventei um plano suicida: roubar o aparelho a qualquer custo, mesmo que a minha vida estivesse pendurada por um fio.

Depois de um caloroso acolhimento em casa, planeei tudo sem dizer à minha mulher Monik. Queria que partissem imediatamente devido ao perigo total que isso significaria se eu realizasse o meu plano com sucesso.

Na terceira noite de folga, algo interrompeu a minha tranquilidade. Quando olhei para fora da residência, um carro privado da Gestapo estava a conduzir pelo bairro. Nunca reparei quando me seguiram, depois de me terem deixado longe do bunker. Mas uma coisa eu tinha a certeza, eles tinham sido enviados pela SS ou pelo alto comando e não queriam qualquer fuga de informação. Durante muito tempo temi que o projecto acabasse porque esta unidade não deixou pontas soltas; eles mataram toda a gente.

Só me restavam alguns dias para regressar. A data estimada para a realização da grande experiência que nos tinham dito seria 18 de Janeiro, quando um grupo de homens seleccionados passaria para o futuro para alterar os acontecimentos do conflito. Nessa altura tudo estava no seu devido lugar, e toda a informação da segunda guerra mundial seria recolhida e aplicada ao tempo presente para garantir a vitória.

Não perdendo tempo, no dia seguinte contactei um velho amigo francês da universidade que vivia perto e inventei uma história: que a Alemanha estava prestes a perder a guerra para os russos e eu temia pela minha família. Por isso ofereci-lhe uma grande soma de dinheiro para encontrar uma casa para a minha família alugar perto da sua casa no norte de França. Ele aceitou sem um segundo pensamento.

Depois repeti a mesma história à minha mulher, ela estava relutante no início, mas logo concordou. Nessa mesma noite, ela preparou os documentos importantes para a partida. Disse-lhe que iríamos embora enquanto o carro da Gestapo estava fora de vista, enquanto patrulhavam as outras casas de colegas no fim da rua, e depois eu regressaria, para que fosse mais fácil. Após horas de hesitação no medo; atrevemo-nos... os nossos corações batiam enquanto avançávamos com a nossa menina nos braços. Em breve estávamos vários quarteirões fora de alcance. A quinhentos metros de distância, o meu amigo estava à espera. Dentro do seu carro discutimos alguns assuntos relevantes, depois despedi-me da minha família, prometendo-lhes que voltaríamos a encontrar-nos em França.

Já era tarde da noite quando consegui contornar novamente a segurança da Gestapo e voltar para dentro de casa. Senti-me aliviado de certa forma. Se eu conseguisse fazer tudo isso, só me preocuparia com a minha própria pele, a minha família já estaria longe nessa altura, caso viesse por eles em vingança.

Nos últimos três dias de folga que tínhamos estipulado, encontrei-me com o meu melhor amigo e colega de trabalho, o físico de quarenta anos Ancel Thurner. As reuniões tiveram lugar no refeitório perto da Rua Grüner Baun, depois de termos terminado de correr, para não levantar suspeitas da polícia secreta (Gestapo) que certamente estaria por perto.

Confiando a minha vida ao meu amigo Ancel: revelei-lhe o segredo porque estávamos a encontrar-nos. Muito nervosamente, disse-lhe primeiro porque faria tudo. O seu choque foi minúsculo quando lhe disse que iria roubar, ele deu um começo e sussurrou tremendo. - Está louco! Não conte comigo. Depois houve um grande silêncio, enquanto o som da degustação de café lhe descia pela garganta abaixo. Nessa noite não consegui dormir pensando que ele me trairia e viria atrás de mim. Mas para minha agradável surpresa no dia seguinte ele apareceu para correr comigo e depois para a cafetaria; acções que me deram grande paz e confiança nele. No segundo dia depois de uma conversa calorosa; ele aceitou. Ele era viúvo, solteiro e sem filhos, por isso não tinha muito mais a perder do que a sua preciosa vida.

Partilhámos os mesmos ideais humanistas e também gostos semelhantes, e é por isso que nos demos tão bem. Começámos a trabalhar juntos em 1931 na Universidade de Heidelberg como docentes e tornámo-nos bons amigos.

Em 1931, o governo alemão lançou o programa (Köppe) e começou a recrutar as mentes mais brilhantes em todos os campos em todo o país. Concordámos de bom grado em aderir ao programa quando solicitado em nome da ciência. Mas nos anos anteriores ao início da guerra, começámos a trabalhar em projectos militares com os quais não estávamos inteiramente satisfeitos, mas continuámos, porque, nas nossas palavras, fazer uma arma não fez de si um assassino.

Mas o horror tornou-se visível, pois descobrimos genocídios de todos os tipos em 1942 que incluíam crianças, idosos e mulheres assassinadas em câmaras de gás. Grande parte disso duplicou-nos, uma vez que trabalhámos na engenhoca do tempo, se assim lhe quisermos chamar.

A 13 de Janeiro, dias antes de regressarmos ao bunker, traçámos o plano em pormenor. Ambos sabíamos que a porta arqueada que era feita do metal chamado Varmpül-linch 02 pesava apenas 13 quilogramas, mais os dois grandes electroímanes de reacção negativa; 5 kg cada, para um total de 23 kg. O aparelho, conhecido como a viga, pesava 40 quilos juntamente com todos os sensores... era normalmente removido de uma base de ar hidráulica que o mantinha estático, mas isso não era necessário para roubar. Embora não fôssemos especialistas em todos os seus componentes, sabíamos como operá-lo perfeitamente, pois estávamos envolvidos na preparação do manual.

Apenas que seria impossível subtrair mais baterias de energia negativa, de modo que bastaria uma, que fez apenas três viagens para o passado ou cinco para o futuro. Segundo o meu amigo Ancel, só as cinco baterias únicas, de 35 cm de comprimento e 20 cm de circunferência, e comprimidas a um peso de 5 kg cada, custaram à Alemanha a modesta soma de agora 136 mil milhões de dólares. Como bónus adicional, produzir a energia de uma única levou cerca de cinco meses.

Por experiência, sabíamos que nas tardes de sexta-feira a segurança nos cinco portões que conduzem à saída (floresta) era muito menor, para que pudéssemos sair e fugir. No total dos três complexos subterrâneos, de acordo com a minha mente, não eram mais de 2 km² e menos de 50 guardas no interior, no meio de um mar de portas e túneis. No exterior, aparentemente não havia segurança devido a ordens recentes para não chamar a atenção, e para que a instalação fosse localizada. Toda a área arborizada estava interdita a civis, sob pena de morte por invasão de propriedade.

O corredor no bunker que estava menos guardado para o exterior era o número três, e é por isso que o escolhemos. Toda a equipa costumava comer às seis horas da noite, deixando deserta a área de teste onde a jóia se encontrava. Havia apenas dois guardas a caminhar entre um corredor no topo e outro numa porta que conduzia à sala de jantar, por isso, em teoria, podíamos contornar a pouca segurança que havia. Assim, o plano no interior era basicamente: roubar ambos os objectos, entre as 18 e as 19 horas ao mesmo tempo, enquanto todo o pessoal científico comia, e o guarda disperso entre os corredores. Tivemos apenas uma hora.

Depois de muito pensar, deduzi que se, em todos aqueles 300 metros até à saída, mais do que um guarda nos visse, teríamos de usar a força. Aceitámos o risco. Tudo teria de ser em menos de 15 minutos, desde o bunker 3 através do corredor 3 até à saída, ou plano B se fôssemos descobertos; tentar fugir sem nada e esperar pela morte naquela área arborizada. O segundo grande problema era sair rapidamente daquele terreno, carregando tudo. De acordo com o mapa da floresta, a aproximadamente 25 km de Ozowka o mais próximo era Iwok e não era mais do que 12 km, pelo que tudo somado. Assim, só para o caso de, nos dias 14 e 15, conduzirmos perto de onde suspeitávamos estar o novo bunker, onde costumávamos estar vendados, uma táctica que eles usavam para evitar serem rastreados em caso de traição.

No dia 14 chegámos aos bordos húmidos e frios da zona arborizada (Iwok) e deixámos o escaravelho (carroça) na folhagem. Tudo foi marcado perimetricamente com sinais de "perigo sem transgressão" e "área restrita". Entrámos em inúmeras trilhas montanhosas, perdemo-nos durante algumas horas, mas tudo valeu a pena. Pouco a pouco fomos conhecendo o terreno, e foi o mesmo tipo de ruídos de pássaros que ouvimos dias antes quando nos deram os dias de folga e nos deixaram o bunker de olhos vendados. Ao fim da tarde, à beira de nos virarmos e desistirmos, deparámo-nos com ele.

Mas como soubemos que a saída estava ali, pode perguntar, se não a vimos porque grandes árvores obstruíam a vista para uma parte baixa do local? Bem, naquele momento, à distância na estrada, para nossa sorte, soldados de diferentes agências aproximaram-se de nós... deduzimos que dos seus uniformes, e ao saírem de alguns carros dirigiram-se para uma massa de árvores que se encontrava naquela parte da estrada. Temíamos que houvesse mais à volta, por isso saímos imediatamente, mas não antes de aproveitar as horas que nos restavam para procurar com a ajuda do mapa a melhor rota onde seria mais difícil apanhar-nos.

E encontrámos, no final da tarde, uma encosta rochosa íngreme que nos permitiria chegar rapidamente ao carro número um escondido no mato, e a alguns quilómetros de distância o outro cruzamento de duas estradas mineiras abandonadas, onde o segundo carro seria para nos induzir em erro. E aí passámos vários dias a testar o plano. Obviamente, com a certeza de que a Gestapo não nos estaria a observar e descobriria tudo.

À tarde, na véspera da passagem das SS por mim e pelo meu amigo nas suas respectivas moradas, conduzimos ambos os Volkswagens às respectivas posições que eu tinha mencionado. Deixámos também muito dinheiro lá dentro para o caso de precisarmos, duas armas e algumas roupas. Rezámos apenas para que não fossem vistos por nenhum patrulheiro de auto-estrada ou vândalos nas horas restantes após o assalto.

E chegou o dia de regressar às instalações... 16 de Janeiro de 1942, era uma manhã fria e eu estava impacientemente à espera lá fora do veículo, talvez da SS ou da Gestapo, que me vinha buscar às 9 da manhã e me levava embora. E assim aconteceu, um carro preto com vidros fumados aproximou-se de mim a essa hora. Fui alertado no início, pois vi que não tinha o símbolo da suástica; uma insígnia que identificava o governo. Mas quando uma das janelas traseiras se abriu; o meu coração saltou uma batida, vi que eram as mesmas pessoas que estavam vestidas com roupas escuras e a guardar uma secção do bunker, aquelas que nunca ouvi fazer um som, apenas os seus gestos bruscos. Tremi só de pôr os pés naquele carro com aqueles quatro homens estranhos a bordo, que se pareciam mais com uma espécie de polacos estranhos do que os alemães.

A meio caminho, cobriram o meu rosto e os meus ouvidos, uma acção que aumentou o meu medo ao ponto de sentir o pulso nos meus ouvidos. À medida que o carro ia avançando, percebi que estes homens eram mais metódicos e cuidadosos do que o resto da guarda das SS ao fazerem qualquer coisa. Quando saímos do carro, eles fizeram-me andar cerca de 50 metros em direcção à floresta... aí removeram-me os tampões dos ouvidos e a excitação apoderou-se de mim. A fricção singular e a força semelhante do vento que senti indicou-me que era o mesmo lugar ventoso onde eu tinha estado no dia anterior: e isso fez-me feliz, não tínhamos cometido um erro ao entrar naquela floresta.

Dentro do recinto, o meu rosto foi descoberto no início, onde uma parte da equipa estava à minha espera e eu os cumprimentei cordialmente, entre eles o meu cúmplice e amigo que me apertou a mão. Ao descer as escadas em espiral até à base com o resto da equipa, contei oitenta degraus. Continuando em linha recta, havia um pequeno carro eléctrico que percorria o comprimento do complexo com uma capacidade não superior a dez pessoas que se deslocavam da secção 1 para a secção 3 num minuto, e só podia ser utilizado se um guarda estivesse convosco. Ao percorrer a carruagem, pensei que seria muito melhor roubá-los assim, mas depois desisti da ideia quando vi estes homens armados de preto a inundar todo o túnel. Tentar isso teria sido suicídio.

Os dias passavam entre ensaios e testes... Lembro-me daqueles dois últimos dias em que, à noite, fui dominado por um medo terrível, só de pensar se fôssemos descobertos, e que provocou um tremor no meu corpo que não consegui conter. A dada altura, pensei em desistir do plano. Mas sabia que se não o trouxesse na sexta-feira até sábado ou domingo com o grupo de homens que iriam estudar o futuro, seria apenas uma questão de Hitler e os seus aliados vencerem a guerra.

4

O meu amigo e eu não dormimos na mesma secção do complexo, por isso comunicámos trocando informações sobre o papel higiénico na secção da sanita, lado a lado, e depois deitando-o pela sanita abaixo. Um dia antes de tudo, passámos por cima do mesmo plano dessa forma.

Cada vez que me lembro uma hora antes do evento, recebo um ataque de ansiedade que permanece no meu corpo durante horas. Sexta-feira 18 de Janeiro de 1942 foi o dia mais stressante da minha vida, esse dia sentiu-se eterno, foi o dia crucial que marcaria a história: impedir a Alemanha nazi de conquistar o mundo e manchá-lo de sangue.

Não sei a verdade sobre os pensamentos dos meus colegas sobre as atrocidades que o nosso governo estava a cometer contra os nossos irmãos judeus e muitas minorias. Para colocar um tal assunto naquele complexo com aquele homem imprudente das SS: teria sido um banho de sangue de traição.

Pelo contrário, alguns soldados das SS excretaram o seu fanatismo fervoroso dos seus poros. Em muitas ocasiões, ouvi o seu ódio profundo, mesquinho e doente pelos judeus. Uma frase constante que repetiam sempre em zombaria era: "matem um judeu, violem a sua mulher e serão amigos do Führer", expressões que obviamente sangravam os meus ouvidos. A sua conversa típica era nesse tom; rebaixando e humilhando a figura judaica.

Às 16:30 de sábado, dia 18, a adrenalina começou a fluir dentro de nós, os nossos olhos começaram a encontrar-se. O meu amigo e colega estava a trabalhar numa área a não mais de 50 metros de distância, e eu na área de documentação teórica do projecto.

O que não tinha mencionado era que o projecto Tailus III tinha sido novamente activado noutros complexos para aperfeiçoar o modelo Fliegend Untertasse (disco voador), cujo campo gravitacional foi desestabilizado pelo plasma e pela mistura quando rotava.

Vinte minutos antes de todos deixarem as suas actividades em todas as áreas e projectos de teste, saí por um momento para a secção de sanitários. Lá o meu amigo estava à minha espera, confirmando que ele estava comigo. Do seu longo casaco branco ele tirou uma chave de fendas afiada e comprida como sinal de que, se necessário, a usaria. Além disso, avisou-me que a parte superior do bronze tinha ido para o complexo vizinho, especialmente que isso era uma vantagem. Olhei para ele com incredulidade enquanto ele me mostrava novamente a chave de fendas debaixo dos lençóis que separavam as casas de banho. Disse-lhe adeus, respirei fundo e saí primeiro. Imediatamente a seguir, ele puxou o autoclismo e saiu.

Estávamos determinados a fazê-lo. Senti-me como se estivesse a pisar buracos de adrenalina a correr pelo meu corpo, mas estava feliz.

Tivemos certamente a sorte de o fazer nesse mês, quando a CCTV ainda não estava em funcionamento. Descobri no final de 1942 que eles estavam a ser utilizados. Após uma reunião protocolar de Walther Gerlach ordenando-nos que estivéssemos prontos nas primeiras horas da manhã de domingo, que nas suas palavras seria o início do resultado da guerra em favor do Terceiro Reich.

Era costume ser o último a deixar a área do projecto. Fiquei a arquivar grandes pastas de informação enquanto a maioria delas se perdeu nos corredores em júbilo, até as SS desapareceram. Como um dos principais responsáveis pelo departamento de teoria e planos, tive acesso a documentos classificados. Depois de não haver ninguém na área, abri apressadamente os arquivos em busca do **Zeitwürfel** original (*cubos de tempo*) de todo o projecto e levei os mais importantes e os restantes sem ninguém olhar destruí-os numa pequena incineradora de papel que costumava estar em segundo plano. Depois dessa acção, puxei para baixo uma janela de acrílico espesso e espreitei para a distância acima das passagens de metal onde os soldados costumavam ficar de guarda.

Para o meu coração palpitante foi um presente, eles tinham deixado os seus postos, talvez estivessem nas cantinas ou nas casas de banho. Experimentei uma emoção indescritível, como se um anjo da guarda me tivesse ajudado. Peguei na pasta espessa de documentos e saí a pé, sem parar. Na sua área o meu amigo fingiu terminar as suas actividades, olhou para mim e deu-me um sinal, e dirigimo-nos para o lugar onde tudo estava. Entrámos naquela área abençoada de não mais de 150 metros quadrados, sem janelas e paredes espessas capazes de resistir a uma guerra nuclear. Abrimos a enorme porta, e o meu coração palpitou, e agarrei imediatamente a viga com força e libertei-a do sistema hidráulico e eléctrico, e com toda a certeza, pesava cerca de 40 quilos, tal como eu tinha previsto. Como o meu amigo era mais robusto do que eu, ele pegou nela e eu desmontei a porta em arco em três partes e peguei nos ímanes e saímos como uma criança a roubar um biscoito. Avançámos, e sentindo-nos invisíveis, passámos horizontalmente pelos corredores intermináveis do complexo para o número 3. E lá fomos ambos a um ritmo acelerado, abençoados sejam os céus, nenhuma guarda era visível. Sem respirar e como um milagre, chegámos aos passos 1, 5, 20, 50. 80 passos acima de uma escotilha mostraram-nos novamente o caminho; um pequeno túnel, mas era o fim, não podíamos acreditar. Durante trezentos metros, não vimos um único guardião.

O meu amigo deixou a viga e olhou para o próximo e último corredor à esquerda, que era a saída para a floresta. Naturalmente, havia um guarda das SS na escotilha de entrada. Por isso, movi-o para se aproximar do soldado e matá-lo com o dispositivo de desarmamento, ele recusou no início, mas não tínhamos tempo; era agora ou nunca. Pouco antes de ele desistir e voltar para trás, Ancel ousou e virou a esquina sozinho, o soldado gritou-lhe, ainda me lembro daquelas palavras frias: "O que fazes aqui em cima? Estás totalmente proibido de o fazer". "Vou agora falar com o seu chefe".

Quando o soldado se virou para enviar uma onda de rádio, o meu amigo esfaqueou-o na jugular e depois caiu a coxear.

5

Retirei imediatamente a fina chave de metal eléctrica rectangular que lhe estava pendurada no pescoço e abri a pesada porta do cofre, olhei para fora com receio no caso de haver mais, mas felizmente não estava lá ninguém. Primeiro fui lá fora e ajudei-o a carregar o corpo e a viga para cima das não mais de oito escadas de ferro, e depois fechei aquela entrada paranóica de submarino enquanto olhávamos à nossa volta paranóica. E sim, a colina onde tínhamos estado dias antes estava à distância. Trocámos cargas e saímos dali a correr.

Um arrepio atravessou o meu corpo a partir da adrenalina, todo o meu ser apertado com nervos à medida que avançava a pensar; Deus, eles ainda não descobriram. Estávamos quase a desmaiar de exaustão quando chegámos à beira da floresta, e para nossa sorte vimos a carruagem que tínhamos deixado dias antes

tínhamos partido dias antes e estava intacto. Verifiquei o meu relógio de bolso e não tinham passado mais de trinta e cinco minutos. A experiência tinha mostrado que ninguém tinha regressado às áreas naquele tempo. Embora, não sei se já estivessem à procura do soldado à entrada para sair do posto de controlo. Agarrei na minha arma, que estava debaixo do banco, enquanto conduzia o meu amigo para fora da estrada federal.

Em minutos, e ainda sem qualquer movimento governamental, chegámos ao segundo carro, e com grande excitação puxámos a viga e a proa, e saímos a toda a velocidade daquela estrada abandonada para longe da pequena cidade de Honch onde eu residia. Isso significava que eles ainda não tinham descoberto se já não estava tudo isolado... O meu amigo estava a pôr o pé no chão, apenas a rezar para que não fôssemos parados por um polícia de estrada, o que nunca fizemos.

Eram 19 horas. E tínhamos chegado em segurança à cidade de Wroclaw. Certamente que nessa altura já tinham ouvido falar disso, e esperávamos o pior; que os nossos rostos aparecessem em todos os jornais alemães, ou certamente que todas as agências já tinham iniciado a caçada em segredo, o que era o cenário mais provável.

Chegámos à casa que pertenceu à mulher de Alan durante a sua vida, tomámos lá um duche e embora, segundo ele, esse endereço não fosse conhecido do governo, ou seja, que estava relacionado com ele, caso saíssemos do local e alugássemos noutro lugar, num edifício chamado Schiere. O novo carro em que nos mudámos era um sedan, também o carro da sua mulher. E enquanto ficámos no quarto do hotel, deixámos tudo no porta-bagagens fora do parque de estacionamento para que não ficássemos ligados a ele se o encontrassem.

Tarde da noite ficámos de vigília com as nossas pistolas Mauser C96 ao peito, enquanto por vezes fomos vencidos pela fadiga e os nossos olhos fechados. De manhã, algo que nos surpreendeu foi o facto de os nossos rostos não estarem nos jornais, mas notámos o movimento invulgar do governo em cada esquina da rua. Certamente, eles estavam à nossa procura. De uma forma ou de outra, estávamos cercados. Era impossível sair de lá de carro, todos os carros eram minuciosamente inspeccionados.

Tínhamos medo que começassem a inspeccionar o hotel, mas outro milagre aconteceu: na segunda-feira, 19 de Janeiro, as carrinhas dos soldados foram retiradas, o que aliviou os nossos corações, mas sabíamos que ainda era igualmente difícil sair da cidade. Por isso, concebemos um novo plano; esconder o relâmpago num lugar "impossível de encontrar" e noutro lugar o arco e partir imediatamente para França. E assim fizemos. Muito cedo na segunda-feira de manhã saímos do hotel para encontrar o melhor lugar para o fazer, evitando ao máximo os pontos de controlo que inundaram a cidade.

Depois do almoço, às 3:30 encontrámo-lo: o cemitério da cidade. Percorremos todo o seu comprimento e no fim de uma lápide abandonada decidimos que ali seria suficientemente seguro para enterrar o raio temporal e no outro extremo o arco. Agora era apenas uma questão de ir buscar os objectos, esperando pela noite e esperando que ninguém nos descobrisse.

Às seis horas fomos para o carro e colocámo-los na parte de trás do carro e cobrimo-los com duas tampas de plástico para evitar que os sensores e o painel de controlo se molhassem. Depois fomos de carro até ao cemitério... demorou horas a chegar lá, devido aos numerosos postos de controlo militares.

Uma vez lá, estacionámos o veículo longe da entrada... o frio e o medo fizeram a minha cerda de pele e eu fiquei tão confuso a respeito de qual era qual. Levámos tudo na semi-escuridão para a lápide, a única luz que nos guiava era a que vinha da lua. Sem picareta para cavar, começámos uma busca feroz por qualquer objecto metálico ou algo que se lhe assemelhasse; e finalmente uma cruz, abrimo-la e começámos a terminar vigorosamente... durante algum tempo perdi a noção do tempo. Mas o buraco era suficientemente profundo para as duas engenhocas e decidimos de imediato deixá-las ambas lá. Colocámo-las cuidadosamente e cobrimo-las para que ninguém reparasse, mesmo as folhas da árvore frondosa que lá se encontravam estavam espalhadas de qualquer maneira. Conto isto porque no dia seguinte fomos lá e eles olharam sem qualquer sinal de que o solo tinha sido perturbado por humanos.

Na quarta-feira ficámos todo o dia no hotel, preparando-nos para partir para França. Tínhamos dinheiro suficiente para lá chegar... só tínhamos uma mala com o que precisávamos para nos movermos rapidamente, de modo a não levantar suspeitas.

Na quinta-feira 22 de Janeiro deixámos Wroclaw, e graças a alguns dos contactos da Ancel conseguimos atravessar a maior parte da Polónia em camiões de carga sem suscitar suspeitas. Na fronteira alemã esquivámo-nos a alguns percalços ao apanhar alguns caminhos-de-ferro ainda em funcionamento que nos levaram até às fronteiras francesas, o resto demoraria demasiado tempo a recontar. Em suma, chegámos em segurança ao norte de França, que era, digamos, um estado fantoche que se rendeu à Alemanha e foi precedido pelo General francês Philippe Pétain, uma vez que o sul tinha sido tomado à força.

A minha mulher e filha estavam bem, o que é melhor; numa das mais belas aldeias de França, Najac no departamento de Aveyron, e a sua icónica rua única é espectacular, as suas casas bonitas e as suas florestas próprias para reis. E quanto ao castelo de Najac; uma obra de arte.

O meu amigo e eu finalmente chegámos a 7 de Janeiro de 1942. Ele, por causa do seu francês perfeito, rapidamente conseguiu um emprego de professor discreto numa escola rural a 25 km da aldeia. Quanto a mim, como o meu francês era bastante desajeitado, só consegui um emprego numa fábrica de massas perto da aldeia, foi difícil, mas nada que não pudesse ser suportado. Afinal, a minha família e eu estávamos lá seguros e felizes, e isso era o mais importante.

Na relativa segurança daquela aldeia francesa, acompanhada pelo meu amigo, escondemos os documentos de todo o projecto numa pasta nas montanhas da floresta do outro lado do rio Aveyron.

Durante muitos meses pensei em tudo, não sei o que teria acontecido se a Alemanha tivesse ganho, o dispositivo temporal foi evidentemente a arma mais poderosa alguma vez construída, uma vez que podia mudar os factos de tudo. Sendo eu próprio um físico teórico, ainda tenho dificuldade em compreender como o fizemos. Foi um trabalho titânico de anos até ao resultado, embora eu não saiba de que projecto (Tailus III) da nave espacial anti-gravidade em que eu fazia parte no início.

Mesmo depois de roubar os documentos originais do projecto e destruir todas as cópias, não posso dizer se alguém tinha mais transcrições, como à noite, enquanto dormia uma minoria da equipa continuava a testar outros projectos.

Não queria entrar em demasiados pormenores sobre a construção da máquina do tempo para ser cauteloso, mas apenas deixo a fórmula do tempo que permitiu que a viagem se realizasse. Duvido que alguém consiga resolvê-la, e é por isso que estou consciente de a mostrar. Uma fórmula tão pequena levou-nos meses a completar.

$$T = t\,(p1+p2)\,*(e)*3(5)\;e5576°{=}reg1{+}an3{-}5{=}\;(s1)\;{+}x1{=}\;(at2).$$

6

Em todos os documentos que subtraí é todo o projecto, desde a fase beta até à sua conclusão. Inclui o material fotográfico, a teoria, as fórmulas, a lista completa de materiais para a criação do feixe e também os planos de todos os sensores, menciona mesmo o procedimento detalhado de como criar a máquina e todos os seus componentes, nomes de todo o equipamento e muito mais. (Contém o procedimento completo e os elementos para fazer as baterias de energia negativa e a sua mistura).

Nos três anos em que a Alemanha ocupou a França, para nossa paz de espírito só uma vez vi a Wehrmach (exército alemão) do topo do Château, perto do rio Aveyron. Em 1944, as tropas alemãs retiraram-se do país galês e depois a coligação fez o seu trabalho, dando o culminar do fim da Segunda Guerra Mundial, a 2 de Setembro de 1945. Não me lembro exactamente que dia da semana foi, mas celebrámos a notícia em grande estilo com perus de estilo francês e todo o tipo de comida.

E o tempo passou a voar. Embora houvesse um novo governo na Alemanha, foi apenas no final de Maio de 1949 que regressámos à minha terra natal, Berlim, por medo. A mais de oito longos anos de distância e de repente para regressar, obviamente a nostalgia apoderou-se de mim durante essas semanas, recordando o passado e tudo o que eu tinha vivido fez com que a minha pele rastejasse.

Em Berlim, o bairro onde nasci estava em ruínas, por isso mudámo-nos para a pequena casa de campo da minha avó a cerca de duas horas de distância, no município de Brieselang. Todas as manhãs ia de carro para Berlim onde ensinava física na Universidade pública de Humboldt de Berlim.

Para ser honesto, todos estes anos raramente pensei no projecto e no que tínhamos enterrado na Polónia. Mas, no primeiro ano na Alemanha, o espinho começou a roer-me as tripas. Queria de novo deitar as mãos àquele dispositivo, mas voltar à Polónia sozinho não era muito do meu agrado, podia ser um grande perigo.

Surpreendentemente, duas semanas mais tarde, uma noite Ancel telegrafou-me que ele e a sua esposa vinham a Berlim. Fiquei emocionado, o meu amigo conhecia muito bem a Polónia, por isso ia conseguir que ele voltasse para o que tínhamos deixado anos antes.

Um mês depois estávamos a caminho da Polónia, sete horas em estradas íngremes que nos levaram até à bela cidade de Wroclaw. O cemitério judeu onde escavámos naquela noite em 1941 ainda estava na minha mente. Nove anos mais tarde, tudo parecia diferente, no início fiquei assustado, pensei que tinha sido descoberto e escavado, mas foram apenas novas árvores a crescer entre as sepulturas que o fizeram parecer diferente, o que inicialmente nos desorientou para encontrar a lápide abençoada.

E ali sentamo-nos no mausoléu e criptas, a conversar. Passado algum tempo, apareceu o guarda-nocturno, que nos apanhou de surpresa. Com o guarda, seria mais difícil realizar a escavação com as ferramentas que tínhamos na nossa bota. Nada nos ocorreu nesse dia e regressámos no final da tarde a uma casa que alugámos a meio quilómetro de distância.

Naquela noite, o meu amigo informou-me que a maioria dos colegas da equipa que participaram nos projectos Tailus e Zeitwürfel (dados do tempo) foram mortos antes de os russos assumirem os complexos Der Riese por medo de revelarem informações a terceiros. Poucos tiveram a sorte de escapar. Tais informações vieram em primeira mão de um técnico de baixo perfil que trabalhou connosco e que se mudou para França no final dos anos 50, enquanto Ancel ainda lá estava, e por um capricho do destino eles encontraram-se na cidade de Lille onde o meu amigo vivia desde 1945. Mas, porque esse encontro era tão perigoso, Ancel decidiu partir sem que ninguém descobrisse que nessa mesma noite, embora nas suas palavras, o jovem técnico nem sequer se tenha debruçado sobre o assunto; que nós éramos responsáveis pelo roubo, mas evidentemente ele sabia-o muito bem.

7

Nunca mais ouvimos falar dele. Poucas pessoas sortudas no mundo sobreviveram ao segredo para contar o conto.

Dias de investigação revelaram-nos que não havia guarda no cemitério judeu aos domingos, pelo que começámos a trabalhar. Chegámos à entrada tão desconfiados como qualquer ladrão que entra no lugar de outra pessoa sem nada para fazer. No interior, com a lâmpada na mão, picareta e pá, chegámos à lápide, e com uma pitada de adrenalina escavámos sem parar até chegarmos ao fundo.

Um suor frio correu por todo o nosso ser... uma pancada sinalizou o fim, e lá estavam eles; intocados tal como nós os tínhamos deixado. A humidade e o tempo tinham corroído um pouco a borracha espessa, mas o alumínio ainda a protegia. Agarrámo-los bem e puxámo-los cuidadosamente, depois sem sermos metódicos cobrimos o buraco sem o menor cuidado se reparassem, a quem poderia culpar por isso; o saltador de sepulturas, obviamente.

Partimos a um ritmo rápido, um pouco paranóico, procurando em todo o lado. Metemo-los despreocupadamente no carro, não houve tempo para nada, e saímos do local com os mesmos nervos que naquela noite.

Uma vez na segurança da casa, observámo-los durante horas... os nossos olhares estavam fixos em cada detalhe. No meio desse silêncio o meu amigo perguntou-me, porque não deixá-lo lá para sempre e expor-se de novo? a minha resposta foi sincera, embora ele a tenha tomado como uma piada no início.

Eu era ateu e ainda sou, só eu era apaixonado por uma história bíblica única encontrada no Génesis.

A minha resposta infantil, se assim o quiserem fazer, foi: "Quero ir ao tempo dos caídos, não para conhecer Noé porque não estou interessado na arca e assim; quero ver de perto os chamados nefilins. O pai costumava ler-me essa história quando era criança, talvez isso tenha influenciado o meu gosto por ela. Ele riu-se em voz alta dessa resposta, depois, olhando para o meu rosto apático, percebeu que eu era muito sério, "depois disse-me num tom sarcástico" não me lembro da frase exacta, mas era algo do género: "tanto perigo para ir ver os tomates dos gigantes, se eles existissem ou se fosse apenas um mito".

A ideia de Ancel desde o início foi sempre a de destruir a invenção, ele não gostava da ideia de a ter por perto porque era um grande risco, ele sabia que um remanescente dos sobreviventes nazis sabia da sua existência e nunca deixaria de a procurar. Obviamente, convenci-o e dias depois levámo-lo para a Alemanha. E ele permaneceu na cave da minha casa por mais um ano.

Durante as férias de Natal de 1951, disse à Ancel que já tinha reunido coragem suficiente para voltar atrás no tempo. Ele vacilou quando ouviu isto, mas com o meu carácter relutante e teimoso convenci-o, como de costume. Ele concordou em acompanhar-me na condição de eu visitar o seu pai, que morrera em 1920, se funcionasse após onze anos de não utilização. Após a sua condenação voei imediatamente para o norte de França, para a pasta que continha todos os documentos do projecto que nessa altura ainda estava escondida algures na floresta perto do rio Aveyron.

Embora nos lembrássemos da operação básica que necessitávamos de orientação do projecto, temíamos aplicar demasiada energia às paredes do tempo e causar uma catástrofe, pois num dos testes iniciais em 1941, numa ocasião foi dada em demasia e começou a ficar fora de controlo, ou seja, começou a expelir energia electromagnética do interior e começou a exercer um campo gravitacional na boca da entrada, de modo que, na altura, ficámos muito assustados, pois parecia o início de um buraco negro, mas felizmente conseguiu fechá-lo.

Mas, para além do painel de controlo que consistia num conjunto de vinte e cinco comandos e um botão de emergência, a natureza das coisas é por vezes imprevisível... e por isso o meu medo estava latente, no fundo eu queria fazê-lo, mas também estava preocupado que algo corresse mal, especialmente porque éramos apenas teóricos no projecto, e se algo ficasse fora de controlo as melhores pessoas para o fazer seriam engenheiros peritos no funcionamento tangível.

De volta à Alemanha e com planos em mãos, contei à minha mulher a versão completa de tudo, ela ficou chocada, mas depois ela digeriu tudo, excepto que eu fizesse aquela viagem estúpida, o seu medo era que algo me acontecesse. E mais uma vez usei o meu poder convincente. A esposa do meu amigo Eliette nunca soube de nada, por recomendação da Ancel, de não a expor a qualquer perigo.

Nas semanas seguintes expliquei em pormenor à minha mulher Monik o que fazer e não fazer com a máquina uma vez ligada ou como lhe chamei (Strahl Zeit) (feixe de tempo). O meu plano no início era fazer a viagem apenas para o passado. Como era necessário que alguém na actual linha temporal desligasse a máquina para que, assim que a atravessasse, não consumisse toda a energia da bateria, e a certa altura a ligasse novamente e eu pudesse regressar. Mas, a certa altura, Ancel convenceu-me de que era demasiado perigoso ir sozinho, pelo menos com a sua companhia diminuiríamos os riscos, por isso contei tudo à minha mulher, já que seria ela quem nos permitiria regressar, mas também era um perigo deixar alguém inexperiente à frente de toda aquela confusão emaranhada. Eu continuaria a apostar no meu capricho.

A 5 de Julho de 1952, durante as minhas férias de Verão, preparei tudo para realizar essa proeza; para viajar no tempo. A primeira coisa que fiz foi alugar uma cabana no dia anterior, perto da aldeia de Lubbe, mais precisamente numa secção da Floresta Spree que tinha electricidade nas proximidades.

Eram 6 horas da manhã em Berlim quando partimos para o local... algumas horas mais tarde e tínhamos chegado. Almoçámos perto e depois fomos de carro para a floresta. Naquele dia, o objectivo era desfrutar da natureza, e o prazer daquelas esplêndidas vistas e montanhas cheias de todo o tipo de vegetação.

8

O 7 de Julho de 1952 foi o dia mais emocionante da minha vida, quase comparável ao tempo em que roubei a máquina. Ao todo, eram 5 horas da tarde, apenas naquela zona da floresta onde se encontra a cabana não havia pessoas. As casas mais próximas encontravam-se a 1,5 km e obstruídas por pinheiros, perfeitas para os nossos planos estranhos. O comprimento das cabanas era de trinta metros por cinco metros de largura; a distância ideal para montar a viga e a proa. Lembro-me que o local estava vazio de objectos quando tirámos tudo, eu queria-o livre de obstáculos. Cobrimos as janelas com pano preto e começámos a montar a porta em arco, depois levantamo-la e fixamo-la ao chão com os dois grandes ímanes, obviamente com a ajuda de alguns grandes parafusos.

Um cabo eléctrico grosso foi ligado ao feixe para ligar o painel de controlo e a placa analógica, também colocámos uma base metálica para que ficasse firme e não causasse nada de anormal uma vez que não tínhamos a base hidráulica. Depois, uma vez estabilizado, ligámos o cabo de arco ao feixe, que era o sistema de sensores que nos permitia passar impulsos eléctricos e manter o fluxo. Os postes de energia de que precisávamos estavam a quatrocentos metros de profundidade, pelo que, com várias extensões ligadas, conseguimos ligar à torre de energia. A nossa excitação foi esmagada quando voltámos e vimos a placa analógica ligada e todos os sensores acenderam.

O ruído das turbinas relâmpago lembrou-me do passado, mas não houve tempo para sentimentalismos. Depois de verificar tudo cuidadosamente com o plano em mãos, começámos a traçar as coordenadas no quadro; latitude, data e grau, para aparecer algures no que acreditávamos de tudo o que tínhamos pesquisado; Noé viveu e, portanto, aqueles com que estávamos preocupados: os **nefilins** ou os seus pais os caídos.

O primeiro teste para ver se conseguimos encontrar uma data no passado. Eram 6 horas da noite, Ancel começou a ignição, que foi feita com uma alavanca que activou tudo, depois passaram 15 segundos com um som eléctrico que foi o clímax de tudo. Voltámos 10 metros para trás, que era o protocolo de segurança, e saiu o que Ancel e eu já tínhamos visto. Um concentrado de energia de plasma negativo quase invisível passou por todo o arco e depois começou a criar um vórtice no nada, e culminou após cerca de 60 segundos, uma forma vertical avermelhada eléctrica com ampliação foi a percepção quando a vi, isso é o máximo que posso descrever a entrada.

A data que colocámos foi 9.500 a.C. Uma coisa importante a acrescentar era que o vórtice só poderia estar aberto por um máximo de 5 minutos ou ficaria sem energia e fecharia", pelo que nos apressámos a atravessar. Já tinha visto a travessia de material no passado, mas nunca o tinha experimentado em primeira mão. Senti uma adrenalina e formigueiro nas mãos com alguma ansiedade, mas queria fazê-lo... Dei um beijo à minha amada Monik e caminhei directamente para o portão do tempo, apenas para o lado onde a energia do feixe atingiu o arco: e atravessei.

Posso descrever a sensação de tocar nisso e viajar no tempo; como se estivesse a ser varrido pela corrente de um rio calmo, percebe-se uma serenidade incrível, é difícil encontrar palavras para descrevê-lo, não há som enquanto se está a ser rebocado para o ponto B. No lapso desde a realidade presente até ao passado, calculei cerca de três segundos (**mas sabemos bem que o tempo não existe ali**) enquanto, um pouco tonto, saí desse fim. Quando me sentei, esperei pelo Ancel e depois olhei à minha volta: nada, nada estava lá a não ser montanhas e areia.

Caminhámos em todas as direcções sem perder as bandeiras no ponto de partida indicando como regressar, as nossas pistolas Walther P38 na mão nunca as guardamos. Caminhámos durante cinco horas e regressámos ao ponto de partida. Há 9500 anos e não havia nada... de acordo com a fonte consultada, deveria ter havido ali um acordo, mas nada. E lá estávamos nós, apenas à espera que a minha mulher voltasse a ligar tudo. Os minutos passaram e os nossos medos cresceram... perto ouvimos ruídos de animais selvagens, não era uma área arborizada, mas havia uma grande planície de árvores ideal para perseguição. Lembro-me que eram seis horas quando passámos a hora, mas deste lado eram seis horas antes de Monik abrir o portal. No final de uma longa agonia de desconfianças, o vórtice idêntico do outro lado abriu-se, e sem um segundo pensamento saltamos os dois ao mesmo tempo.

Realmente não podia dizer o que raio teríamos encontrado se ainda andássemos por aí em 9500 a.C., mas o medo do desconhecido impediu-nos. De acordo com as conjecturas do segundo livro, a data em que estes gigantes viveram foi 9000.

Eram 23 horas quando voltámos ao presente, no passado ainda era noite.

No dia seguinte, depois de felicitar a minha mulher pelo seu excelente trabalho, decidimos tentar novamente. Desta vez fizemo-lo às quatro horas da tarde, o mesmo procedimento do dia anterior, e atravessámos a lona espacial.

Depois de caminharmos cerca de quinhentos metros, ficámos surpreendidos ao encontrar um povoado no fundo de algumas montanhas aparentemente abandonadas da antiguidade, os restos de um povoado humano bastante grande, penso que com cerca de trezentos metros de comprimento, com cabanas ovais de madeira e palha e ferramentas primitivas ainda ali penduradas. Obviamente não atravessámos o local inteiro por medo... quando vimos alguns esqueletos de animais, voltámos ao ponto inicial, ao cume de uma encosta e ali observámos os arredores, e também nada.

A que região pertenciam essa época e esse lugar, perguntámo-nos, não havia sinais de seres humanos, quanto mais de gigantes. Olhei para o meu relógio pendurado no meu peito; lia-se 9:33 ainda era cedo, mas o sol estava no seu auge; tão ardente que decidimos descansar um pouco e continuar mais tarde. Não queria queimar esta segunda viagem em vão, porque sabia que só a bateria de energia nos podia permitir mais uma viagem. Das 10h às 17h caminhámos por montanhas e vales e não encontrámos nada, absolutamente nada, nem perto nem longe, por isso voltámos depressa à hora combinada para que Monik abrisse novamente o portal e regressássemos.

Três dias depois da aventura e um pouco desmoralizados pelas duas tentativas falhadas, decidimos passar o dia inteiro numa pequena biblioteca na aldeia de Lubbe à procura da pista mais próxima da data da inundação e da sua localização, e não falhar na nossa última oportunidade.

9

Livro após livro que consumimos até que no topo de uma prateleira havia um livro chamado: **AS GERAÇÕES**, de Lucas Armenov, agarrei-o com força e, na verdade, era o que eu acreditava, todas as gerações bíblicas e mapas de acordo com o autor, e no final de folhear cerca de vinte e cinco páginas apareceu a data abençoada: há 7100 anos atrás e, segundo ele, Noé provavelmente vivia perto dos rios Eufrates e Tigre a norte da Mesopotâmia, por isso, com estes dados não brincávamos com eles. Com a ajuda desse compêndio, traçávamos as coordenadas no quadro do relâmpago e depois a data.

Disse à minha mulher a caminho da floresta que, uma vez atravessado, só abriria o vórtice uma vez que as 36 horas estivessem de pé daquele lado (que actualmente seria o dobro do tempo), era muito que eu sabia, mas era a última vez que o faria, e de alguma forma sentia-me como uma criança; queria vê-lo aconteça o que acontecer, mesmo que fosse um capricho banal.

Às 6 horas da manhã do dia 12 de Julho de 1952 passamos pelo tempo pela última vez, o primeiro suspiro daquele lado foi uma catarse, senti-me muito melhor, olhando a não mais de trezentos metros de distância para o famoso rio Eufrates e a sua poderosa corrente, e mais feliz quando Ancel me avisou de grandes campos a leste, de cevada, palmeiras e figueiras. Do outro lado do rio estendia-se uma grande floresta de ciprestes e zimbro.

Passámos cerca de 35 minutos a observar atrás de uma montanha o movimento humano, e quando estávamos prestes a sair para o campo aberto fomos alertados por um mugido; um rebanho de ovelhas atravessava as águas baixas do Eufrates e era conduzido por cinco pastores robustos vestidos para o seu tempo em longas saias com peles de animais sem mangas e pequenas lanças de madeira.

Sentimos uma mistura vaga de adrenalina, pavor e alegria, não consigo encontrar palavras, a única coisa que me lembro é que não queríamos comunicar, mas a sua língua tinha uma grande semelhança com o siciliano sardo ou talvez essa língua fosse o sumério.

Antes de procurar a aldeia ou povoado pelo mesmo caminho para onde aqueles homens tinham ido, verificámos tudo o que tínhamos nas nossas mochilas, e no caso de termos de correr muito, tirámos as nossas pistolas e pusemo-las na nossa cintura... seguimos a mesma direcção que aqueles pastores, mas depois de cerca de vinte e cinco minutos, deparámo-nos com um homem com semelhanças com eles, e ele ficou assustado connosco e voltou em pânico.

Naquela estrada poeirenta, sem o tentarmos deter, também nos assustamos e pensámos que ele viria com muitos, por isso começámos a correr para fora da estrada, descendo a encosta para as colinas. Aí agachámo-nos durante uma hora numa colina para o caso de alguém vir, mas ninguém voltou, por isso continuámos a atravessar aquela montanha de cedros, e quando estávamos prestes a descer para a passar do outro lado; uma aldeia demoníaca parou-nos, não consigo encontrar outra qualificação para a minha argúcia cultural. Ancel estendeu-se imediatamente e eu segui-o; eram gigantes, tínhamos encontrado os míticos **nefilins** da Bíblia, e a maioria deles tinham pelo menos três metros e meio de altura, mas havia excepções de até 4 e 5 metros.

Para vos dar uma ideia, tentarei descrever o mais próximo possível daquilo que vi... do topo daquela montanha abaixo, a aldeia de lado a lado não tinha mais de oitocentos metros. Havia um grande edifício no meio da aldeia, talvez algo que servia de templo, havia pequenas ruas e numerosas casas redondas, muitas cobertas com palmeiras e forradas com couro e algo que parecia tinta laranja, talvez para manter fora a humidade.

Havia muitas pessoas pequenas da mesma forma, mas eram tratadas como escravas por aquelas bestas... testemunhámos várias vezes aterrorizados como os pequenos humanos de não mais de 1,60 metros foram trespassados com ferramentas de ferro afiadas. Estando naquele lugar, percebi que era muito perigoso...

ver aquelas cenas fez-me sentir uma frieza que me imobilizou por momentos.

Deslocámo-nos ao longo da encosta da arca da montanha para termos uma visão mais próxima, e uau, que visão tivemos, a uma distância de cerca de duzentos metros vimos o folclore na sua plenitude. A maioria dos nefilins, se não todos, tinha uma cor de cabelo avermelhada baixa e a sua pele era branca avermelhada com sardas, as suas características surpreenderam-me; eram muito bonitos apesar de parecerem escuros para a sua corpulência, a beleza era vidente.

Em geral, todos eles usavam uma barba curta, o que era invulgar para os humanos que vimos, pois as suas barbas eram abundantes. As roupas destes gigantes eram feitas de couro sem nada para cobrir os seus peitorais carnudos, uma espécie de saia leve que lhes cobria as coxas até aos joelhos. Outra característica importante, as suas vozes eram poderosas, florescendo nos meus ouvidos quando gritavam.

Após algumas horas sem testemunhar qualquer morte violenta e em relativa calma, o meu coração abrandou e concentrei-me mais em desfrutar do que nunca mais veria. Eram duas horas da tarde quando do lado oeste vieram cinco gigantes arrastando cerca de vinte mulheres amarradas de mão e pé, senti um fogo dentro de mim querendo vir em seu auxílio, mas Ancel parou o meu ombro e impediu-me de subir e descer... elas desceram uma rua inteira, o grito de dor daquelas mulheres era evidente... por vezes as grandes casas dos nefilins impediram-nos de observar tudo em pormenor.

10

Uma coisa que posso confirmar e que me chamou profundamente a atenção é que não vi nenhuma mulher nefilim, razão pela qual deduzi que estes gigantes roubavam as mulheres das aldeias de homens normais, para copular e trazer à tona os seus instintos mais baixos.

Por volta das 4 horas da tarde já tínhamos avançado de ver uma grande parte daquela aldeia, e depois algo nos perturbou, sim! De uma das maiores, por assim dizer, construções mais elaboradas, mais luxuosas, saíram três indivíduos, muito diferentes de todas as outras, em túnicas pretas e vestidos largos de comprimento de tornozelo, uma espécie de roupa preta brilhante, e quando se encontravam diante de um grupo de nefilins, estes últimos curvaram-se, evidentemente, que a acção indicava que estes homens de estatura média e beleza inigualável eram os chamados observadores ou anjos caídos, que faziam corpos para si próprios para coabitarem na carne.

Num instante sentimos um pavor incontrolável e deixámos de olhar, embora eu fosse um ateu consumado, sabia que isto não era um sonho banal, era real. Por conseguinte, estas criaturas, de onde quer que viessem, tinham poderes, e temíamos que nos descobrissem. Não sei quantos minutos passámos com a cabeça no chão, à espera que estes demónios partissem. Esperámos e esperámos até que, num ar de bravura, voltássemos a levantar a cabeça e as ruas voltassem a parecer vazias, já não sabíamos o paradeiro daquelas mulheres presas.

Às 5:00 da tarde, o sol estava prestes a pôr-se no oeste, indicando que era altura de se abrigar. Nesse momento, olhando à volta, dirigimo-nos para a outra montanha, mais íngreme, para descansar. Houve momentos de fraqueza, já me tinha arrependido de ter dito 36 horas, era um perigo estar lá nesta altura do ano. Mas a bravura agradável de Ancel acalmou-me. - Trazemos armas, qualquer um que até pense em nos magoar, disparamos", disse-me ele, "mas não queríamos estar numa situação dessa magnitude. Durante as próximas horas da noite evitámos atear fogos devido à relativa proximidade e ao risco de alertar os intrusos. Com a lâmpada na mão e debaixo de árvores frondosas, tínhamos alguma comida enlatada para o jantar.

Mas que noite tivemos... quase congelámos devido a temperaturas elevadas que não antecipámos. O que nos salvou foram as mochilas debaixo dos nossos jumpers que usávamos como isolamento.

Na escuridão da manhã ainda cedo, gritos aterrorizados de pessoas aterrorizadas acordaram-nos, vindos daquela aldeia do dia anterior. Quando regressámos ao mesmo lugar para ver o que estava a acontecer, testemunhámos o pior; um grupo de famílias com as gargantas cortadas e alguns destes animais enchiam copos de sangue enquanto balançavam um corpo com feridas profundas na cabeça no ar, tirando depois as suas vidas uma a uma.

Aquelas cenas de agonia foram as piores que alguma vez testemunhei, quando me voltei um pouco para o lado, estremeci ao ver um daqueles nefilins que carregava como se fosse um cacho de uvas 5 raparigas entre os 5 e os 7 anos de idade, choravam de cara para baixo enquanto este ser de três metros as carregava com apenas uma mão, quatro outras estavam por perto, enquanto riam e bebiam sangue? Senti uma raiva electrizante que me atravessou as entranhas, peguei na minha pistola P38 e disse ao meu amigo para voltar, que não me importava de morrer ali, mas que não toleraria esta injustiça, Ancel tentou conter-me, mas eu disse-lhe novamente para sair e que esperaria até ao pôr-do-sol escondido perto do local onde o vórtice se abriria. Não foi mais do que um minuto de discussão e ele disse que iria comigo, independentemente disso.

Prestes a agir e correr na sua direcção, algo parou aqueles gigantes e a nós a nossa tentativa... do céu, sim, do céu no fundo da estrada de terra desceram cerca de seis sombras confusas, mas pouco a pouco foram-se tornando mais claras à medida que se aproximavam: eram os chamados Anjos, claramente estas entidades voaram sem asas e vieram do céu, não vi nenhum objecto tecnológico que os ajudasse a fazer isso. Aproximaram-se destes gigantes e não sei o que comunicavam, mas desistiram de matar os mais pequenos.

Aquelas raparigas fizeram-me lembrar as minhas filhas, pelo que o seu destino incerto me doeu a alma. Nessa altura, lamentei ter partido e testemunhado a crueldade destas entidades. Preferia nunca ter contemplado isso.

Não consegui tirar da minha mente o que aconteceu a essas criaturas indefesas. A aldeia tinha apenas duas ruas com cerca de quinhentos metros de comprimento e no meio de uma delas havia um aglomerado de grandes habitações e era aí que tinham sido forçadas a entrar, mas tinha passado uma hora e não sabíamos ao certo se ainda estavam vivas, será que eu arriscaria em vão? Não podíamos esperar até ao anoitecer, pois o prazo de 36 horas para o regresso seria às 18:00, e não teríamos tempo de o fazer à noite.

Moralmente senti-me quebrado, usando a máquina do tempo para um capricho e assistindo a cenas como esta fez-me sentir como o pior dos homens.

Disse ao Ancel que salvaria as raparigas, se ele quisesse vir comigo a decisão seria dele; ele concordou.

Descemos lentamente pela aldeia, e mergulhámos numa das tendas na borda, não havia lá ninguém, apenas uma cama gigante de pedra e palha e objectos de madeira e algumas ferramentas de bronze e de ferro. Quando olhámos para a rua, também não vimos ninguém a chegar. A nossa respiração acelerada tornou tudo mais difícil, as nossas mãos tremeram com a arma na mão, tínhamos um carregador de cerca de quinze tiros cada, pelo menos isso deu-nos confiança, mas se encontrássemos aquelas criaturas que a Bíblia chama de vigilantes, o que faríamos, se eles pudessem sentir o fogo de uma bala, era uma pergunta sem resposta que me fiz, mas tínhamos de atravessar a rua. Enquanto enfiávamos a cabeça atrás de alguns barracos, no fundo da estrada, os mesmos corpos que testemunhámos do alto da colina íngreme estavam empilhados sem vida, e eram algumas mulheres e homens comuns daquela época, assassinados ferozmente, talvez fossem caçados algures nas proximidades.

11

A certa altura senti a voz interior da paciência, dizendo-me para o fazer agora, e assim o fiz, parti com impulso, atravessando aquela rua primitiva de 7100 a.C. com uma pistola apontada para qualquer alvo que aparecesse, Ancel às minhas costas fazendo o mesmo. C. com uma pistola apontada a qualquer alvo que aparecesse, Ancel às minhas costas a fazer o mesmo.

Quem imaginaria um casal de homens, antigos simpatizantes do Terceiro Reich da época e modernamente vestidos, numa avenida antediluviana. Antes de atravessar aquela porta que parecia uma cortina de pele de burro, parei porque ouvimos barulhos e escondemo-nos em algo que não sei como descrever; como grandes cubos de madeira onde havia água, as paredes, se é que se lhes pode chamar isso, eram uma espécie de bambu, muito empilhadas juntas, não havia maneira de sair sorrateiramente como o anterior, mas lá ouvimos novamente aquela estranha linguagem entre estes seres.

À medida que nos esquivávamos através de algumas casas enormes, escondidas entre os seus enormes objectos quotidianos, deparávamos com os gritos ondulantes das raparigas, era uma das maiores casas do local, ainda não conseguíamos esgueirar-nos por baixo das paredes laterais, no entanto, conseguimos encontrar uma pequena abertura que nos mostrou o horror, duas delas já tinham sido mortas. Naquela monumental sala, dois nefilins degenerados estavam a comer uma porção dos corpos, sentados em troncos de madeira que utilizavam como cadeiras.

Amarradas com tiras de casca de árvore, as raparigas soltaram gritos pequenos e coxos, não conseguimos olhar para elas, mas sabíamos que eram elas.

Esperámos uma hora a deslizar sob enormes montes de palha gigante, que estes seres tinham, talvez para alimentar os seus animais. Depois desse tempo, eles saíram e perderam-se à distância. Só de olhar de perto para estes indivíduos era verdadeiramente assustador. Sem perder tempo, caminhámos através do colmo, vendo o tecto de cinco metros de altura fez-nos sentir minúsculos, tudo era ilógico em tamanho.

Metros à frente localizámos os que ainda estavam vivos, e com uma faca que estava lá, que para mim era uma enorme espada de ferro, cortamos a casca e saímos com as raparigas, atravessando a pequena rua na vertical e subimos apressadamente a mesma colina que tínhamos descido. Mas alguns metros antes de nos perdermos de vista, uma voz sinistra paralisou-nos por um segundo, e ao virar-me não sabia de onde tinha vindo, mas alguém nos tinha visto e era um dos nefilins. Fiz imediatamente sinal às raparigas para correrem a toda a velocidade para a montanha acima, elas estavam definitivamente a vir atrás de nós.

Fiquei surpreendido com a rapidez com que estas raparigas eram jovens, mal conseguíamos acompanhar e durante algumas horas estivemos perdidos nas profundezas daquela floresta de ciprestes. Num ponto incerto daquela odisseia, um tumulto de vozes duras a descer a colina colocou-nos novamente em alerta máximo.

A cor de safira que vinha dos olhos destas meninas chamou-nos fortemente a atenção, elas tinham um perfil caucasiano oriental, o seu cabelo brilhava como a luz do sol, mas eu queria saber de onde elas eram. Com sinais que tentei comunicar e apenas duas delas apontavam para oeste, por isso pensámos que algures remoto naquelas montanhas à distância era uma aldeia onde elas pertenciam.

Com oito horas para voltar ao ponto perto do rio Eufrates, decidimos levar estes pequenos de volta ao seu lugar de origem, mas mais uma vez aquelas vozes monstruosas espreitavam cada vez mais de perto.

Decidimos contornar essas planícies e pouco a pouco os sons foram-se afastando cada vez mais. Por volta das 12 da manhã, uma das raparigas mais velhas, com cerca de oito anos de idade, penso eu, apontou o dedo a uma colina de grandes pedras e figueiras, e depois fomos lá, e com certeza descobrimos outra aldeia, mas uma muito diferente, muito mais pequena e com cabanas estreitas, estas eram humanas ao que parecia. Duas das raparigas foram à nossa frente, o que significava que os seus pais estavam lá. A rapariga mais nova não mostrou qualquer emoção em segui-los.

Mas tínhamos de encontrar a sua família, para que pudéssemos partir em paz. Antes de entrarmos naquele lugar, um grupo de homens rodeou-nos, não sei o número total, mas havia dezenas deles e estavam armados, prestes a disparar, as duas raparigas aproximaram-se de nós falando naquela estranha língua aos seus parentes aparentes, milissegundos antes de nos atacarem baixaram as suas armas primitivas e com certos gritos ritualísticos ofereceram-nos comida e uma espécie de bolo de cevada com mel.

Não sei se era o chefe tribal ou que papel desempenhava quem nos tentava dizer alguma coisa, talvez nos quisesse agradecer, mas devido à sua hospitalidade e à comida que nos disse que não representava qualquer ameaça, pelo contrário, fomos tratados como amigos, graças à intervenção oportuna das raparigas.

Quando assinalámos se a rapariga mais nova podia lá ficar, este homem magro com um vestido de peles e barba cheia abanou a cabeça, que esta rapariga não era de lá, pelo menos foi o que entendi, e o mesmo aconteceu com outros aldeões.

Estávamos desesperados porque o tempo estava a esgotar-se, mas não podia deixar aquele anjinho à sua sorte. Após uma hora e sem qualquer resultado, tomei uma decisão difícil; levá-la comigo para o presente. Não podia fazer mais, se a deixasse ao seu destino, ela morreria ou seria recapturada por aquelas bestas.

A julgar pelo aparecimento da aldeia humana, foram visíveis os recentes ataques das forças nefilim ou de um clã inimigo.

O que não vi em toda aquela planície montanhosa de dezenas de quilómetros foi qualquer sinal da famosa arca de Noé, talvez estivesse muito longe dali ou talvez ainda não tivesse acontecido.

Com a respiração laboriosa avançámos enquanto carregávamos a criança de costas, ao longo de todo o caminho sentimos um estranho medo do inconsciente como se estivéssemos a ser perseguidos por estes demónios colossais no mato.

12

Eram 4 horas da tarde quando do outro lado do Eufrates, a um quilómetro de distância, avistamos novamente um punhado de nefilins a copular com mulheres normais, tal acção não era comum pelo menos na aldeia, deduzi que de alguma forma estes indivíduos, apesar de selvagens, tinham uniões conjugais estáveis com um punhado de mulheres, mas também invadiram, roubaram e violaram aldeias vizinhas para as fêmeas.

Por dedução nunca poderia dizer se estes híbridos podiam ter filhos, ou se era apenas uma habilidade dos anjos caídos, estranho que não houvesse fêmeas gigantes. A maioria das belas mulheres que vimos eram mulheres de coxa alta e meros humanos.

As duas únicas aldeias que encontrámos encontravam-se a 15 km, no máximo. Gostaria de ter encontrado mais, mas o que importava agora, as nossas vidas naquele momento dependiam daquele grupo de gigantes que fornicavam 200 metros em linha recta, de onde o vórtice se abriria para se retirar dali.

E assim aconteceu, trinta minutos depois tinham ido para a aldeia e deixado-nos a respirar em paz. Uma hora antes de atravessarmos, o ruído dos titãs que nos tinham perseguido de manhã apareceu novamente e estavam a descer a encosta em direcção ao Eufrates, mas do lado oposto ao nosso, onde estávamos.

Uma cena digna de uma fotografia foi quando uma partitura de Golias se aproximou de nós para um copo de água, obviamente que estávamos a morrer de ansiedade.

Deitados na margem do rio, parecendo exaustos e famintos, aparentemente tinham passado a maior parte do dia à nossa procura, pareciam muito territoriais e, por isso, não se deslocariam de lá durante muito tempo.

A preocupação começou a roer-nos as entranhas, e se aqueles demónios não se mexessem dali? E se o vórtice temporal se abrisse e não conseguíssemos atravessar? Ficariamos presos para sempre. Foi um desespero agonizante que me fez sair num suor frio com apenas 20 minutos a 18 horas.

A dez minutos do fim do prazo, Ancel disse-me com voz firme: "que não havia outra forma de o fazer, senão correndo com as nossas armas na sua direcção quando a porta temporária se abriu". Foi suicídio, mas para a menina eu fá-lo-ia.

Como o meu amigo tinha mais condições do que eu, apesar de ser mais velho por cinco anos, ele carregava o pequeno nos braços e eu disparava ao cruzarmos o Eufrates que chegava ao início da nossa cintura. E assim era, às 18:00 horas 30 metros atrás destas abominações, o que desejávamos que se abrisse; a fenda espacial, o nosso bilhete de regresso a casa.

Estávamos a 300 metros de distância e avançámos ao atravessarmos a jusante, eles só nos viram quando estávamos prestes a partir, e foi então que os seus olhares pesados e assassinos nos encontraram. Alguns deles olharam para o vórtice, mas não se interessaram por ele, e depois apressaram-se a atacar-nos. Por um instante ficámos paralisados, mas mais uma vez a nossa coragem regressou. Apontámos as nossas pistolas ao mesmo tempo e começámos a detoná-las quando os primeiros gigantes estavam a menos de quarenta metros de distância.

Apesar da sua monstruosidade, ainda eram vulneráveis como todos os humanos às balas, atingimos quatro nefilins na cara e eles caíram, após vinte e cinco tiros os outros feridos cobardes fugiram para a aldeia. Naquele momento, eu estava cheio de felicidade e corremos para o vórtice antes de este fechar. Além disso, aqueles tipos grandes vinham com os seus pais angélicos, certamente imunes aos projécteis.

Corremos o máximo que pudemos e conseguimos chegar à abertura segundos antes do seu colapso. Não se sabe quanto amor Monik recebeu. Ambos estávamos felizes, extasiados por podermos ir para casa. Quando ela me perguntou sobre a rapariga, eu disse-lhe toda a verdade, Monik aceitou-a docemente, e meses mais tarde conseguimos adoptá-la como nossa filha.

No início lamentei ter feito essa viagem infantil, mas agora olhando para trás e tendo salvo aquelas vidas inocentes, e ainda mais conheci uma nova filha: minha pequena Malha, amo-te da mesma forma que amo as minhas duas filhas de sangue, para mim foste e serás sempre a minha bebé Malha, a rapariga que trouxe do passado.

Alguns meses depois de ter dito ao meu amigo que iria esconder a máquina para sempre, ele disse-me "que tentaria viajar para os anos em que o seu pai ainda estava vivo". Eu disse-lhe "que havia pouca ou nenhuma energia". "Ele mencionou que correria o risco". E assim foi, a 3 de Dezembro de 1952 Ancel conseguiu viajar até 1920, mas quando quisemos voltar a ligá-la, ela nunca mais, nunca mais se ligou. Ancel, o meu melhor amigo na vida, ficou preso em 1920. Por vezes sinto-me culpado por tê-lo desenterrado novamente da Polónia, mas no final era o que ele queria e eu respeito isso.

A máquina do tempo foi enterrada pelo meu pai algures na Alemanha Oriental, nem eu sendo aquela menina trazida do passado; eu sei, repito, não sei a localização da máquina do tempo.

Eu amava o meu pai tanto quanto ele me amava, não me lembro muito dos meus anos no passado, mas ainda tenho pesadelos sobre aqueles gigantes que mataram os meus pais biológicos. A minha irmã e eu arranjámos coragem e queríamos contar esta história, talvez ela seja muito provavelmente tomada como uma mentira, mas não importa, o meu pai sempre quis que as suas memórias fossem contadas quando ele morreu, evitando dar as nossas verdadeiras identidades por segurança, talvez num futuro próximo possa mostrar-vos uma grande parte dos documentos que contêm o grande projecto (**Zeitwürfel**).

O artifício do tempo ainda é procurado por uma pequena minoria, especialmente criada para sobreviver, quer o Führer existisse ou não.

13

Alguns governos aparentemente descobriram-no e começaram a procurá-lo em 1960, mas nunca o conseguirão encontrar, porque eu e a minha irmã escondemos os documentos que indicam a sua localização, e mesmo por curiosidade não abrimos o envelope que o pai selou antes da sua morte a 12 de Março de 1965.

Estamos conscientes de que, se esta arma caísse nas mãos de um governo actual, seria praticamente o fim de tudo.

Obrigado